詩集

我慢にも限度がある

須永博士

七賢出版

我慢にも限度がある

須永博士

目次

はじめに

あなたはいま何を考えていますか
あなたはいま何に悩んでいますか
あなたはいま何をやり遂げようとしていますか

あなたへ
人生は一度しかありません
二度ときません
だからいまやれることを
明るく一生懸命
やり遂げていってください

あなたのために
力をだしきってゆきます
あなたへ
素敵な人生の想い出を
いっぱいつくってください

——〝闘いは、いま始まった〟

一刀両断

一刀両断

あなたが
言わないと
駄目です

いつまでも
同じ事の
くり返しに
なってしまい
ます

冗談じゃありません
いままで
あなたの冷たい
仕打ちに耐えて
きたのです
もうここまで
です

我慢にも限度がある

あなただけ
いい思いをして
悪いことは
みな私に押しつけて……
それでもあなたは
人間ですか

何もやれないほど
何もやっていないほど
うるさく
言います
気にしないことです

ほったらかしで
子供はそだちません
そのとき
そのとき
生きることを
きちんと教えてゆかないと
わがままな
子供になってしまいます
けじめのない
子供になってしまいます

子供を
育てゆく人が
心豊かでないと
こころゆたかな
子供に育ちません

見て見ぬふりは
すべてを悪くします
きちんと
ひとつひとつ
けじめをつけて
生きることが
大切です

一喝

反発せよ
人のいいなりに
なるな

やるんだったら
相手の
度肝を
抜くぐらい
やれ

やるんだったら
捨て身で
生きろ
一気に
やりとげろ

本気でやる気があるのか

人をあてに
するな
自分の
力でやれ

あきらめる伝

人生
〝仕掛けろ〟
それなくして
自分の人生動かぬ
たのしくならぬ

だしおしみするな
そのとき
めいっぱいやっておけば
つぎも
めいっぱいに
なる

人生に
夢がないと
同じことの
くりかえしです
人生、先へは
進めません

人間は
生きて
無駄はない
無駄とは
生きて
目的意識のないときが
無駄な人生です

人間限界にきたら
本気がでる
本性がでる
本音がでる
そこまで
つきつめてゆけ

人間
やれるんです
やれないときは
まだ自分に
それだけの気が
入っていないんです

もし
自分の人生が
思いどうりに
ならなかったら
それはまだ
自分の鍛えかたが
たりません

相手を徹底的に
のせてゆけ
のせてしまえ
息をつかせるひまなく
相手をその気に
させてゆけ

自分の
人生を
つかむのだったら
腰をひくくして
生きる
ことです

〝徹底的に追求せよ〟
完璧に
やれぬことを
完璧にやって
はじめて
すごい人と
いわれるのです

誰のいうことも
聞くな
男が自分を
つらぬきたいとき
生きるも
死ぬも
恐れぬ
〝気力でゆけ〟

好機

この先
どうするかは
自分で
決断するしか
ありません

人生
迷ったら
あとは
正面突破
しかない

これでもか、これでもかと
次から次へと試練がおそってきます
明るく生きたいのに、素直に生きたいのに
まっすぐ生きたいのに、私を試すように
苦しみがおそってきます
負けてはいけない、くじけてはいけない
とざしてはいけないと這い上がっています
立ち上がっています
どんなことがあっても、幸せをめざして
生きてゆくだけです
どんな試練にであっても、生きてゆくだけです
人生をつくります
物語をつくります
幸せをつくります
〝やるぞ〟で人生走りつづけます
やりとげてゆきます

いまから
また
すべて
いちから
出なおしです

生きているときしか
やれないことがある

生きているときしか
いけないときがある

生きているときしか
つくれないことがある

そのときは
人生すべて
だしきって生きてゆくのがいい
そのときは
人生すべて
やりとげてゆくのがいい

人間
自分の先入観を
なくせ
ああだの
こうだの
まだやっていないことを
悩むのはやめよ

人間まず
やってみることです
かかわってみることです
やりとげてみることです

ありのままがいい
それがいい
それで
人生突破してゆけ

〃生まれる〃
〃生きる〃
〃死ぬ〃

この人間の
一生を
だしきることです
やりきることです

駄目ならば
やりなおせば
いいんです

それを何度も
やってゆけば
いいんです

家族

家族

これから
何があろうと
俺は
家族を守って生きる
家族を
愛して生きてゆく

我が人生
家族の幸せのために
人間の幸せのために
生き抜いてきたり
動いてうごいてうごきぬいて
働いてはたらいてはたらきぬいて
愛してあいしてあいしぬいて
生きてきた人生なり
我、いま人生の試練きたり
ただひとこと
〝負けやせぬ〟

家庭のなかに
楽しいことがないと
暗い家庭になります
家族が
絶えず幸せへの
目標をしっかり決めて
貫いてゆくことです
盛り上げてゆくことです

いつの日か来るであろう、その日のために
うろたえないように
くやまれないように
なげかないように
心しておこう
いつの日か来るであろう、その日のために
友のこと
家族のこと
もろもろのこと、整理整頓して
いさぎよく別れを告げられるようにしておこう
〝ありがとう〟といって
さわやかに
旅立てるようにしておこう

あなた
お酒の飲みすぎは
もうやめて下さい
家族はみんな
本当に心配して
いるんです

決断

人間の一生は
あっという間です
その間に
どれだけ
自分の夢が
残せるか
です

〃もう
これしかないと
覚悟を
きめる〃

そこから
第一歩が
はじまる

〝なにかひとつ〟
いまやることを
一生懸命やれば
かならず
次もくる
つぎもやれる

人生
いまだという
ときがある
すべて
だしきれー

すばやく対処せよ
明るく対処せよ
根気よく対処せよ

そして
おだやかに
堂々と
迷わず対処せよ

自分に
合ったものは
すぐかかわれ

自分に
合わないものは
すぐ離れろ

なんでもいい
自分が一番
好きなことを
やっているときが
人間幸せです

一念発起

思ったことは
すぐ実行です
なんでも
すぐ動いて
ゆくことです

駄目なものは
だめなんです
早くきりかえて
対処する
ことです

もう一度
初心

夢をつかむの
だったら
これでもか
これでもかと
やりつづけてゆくしか
ありません
その気力が
どこまでつづくかです

がくで
夢にむかって
徹底的に
やりつづけて
ゆくぞ

やるときは
一気にやれ
徹底的にやれ
それが人生
成功への道
です

たったひとりの挑戦

なんでも
行動してみないと
わかりません
だめならば
すぐ
引き返せばいいのです
なんでも
やれるところまで
やってみることです

ゆけゆけ
人生ここぞと
いうときは
どんどん
ゆけ

生きてきたならば
生かされているならば
思いっきり
生きなければ
損です

自分を
だしきらないと
損です

共に苦労して
はじめて
本当の
人間の絆が
できます

最後の
最後まで
あたしは
あきらめま
せん

生きている
いましか
言えません
やれません
残せません

生きている
今すぐやることです

度量

人を愛する
それは
たやすくできる
しかし
人に愛されるのは
なかなかできぬ
人が求めてくる
人がかかわりたくなる
人になれ

人に教える
それは
根気よく
あきらめず
明るく
そして
一生懸命に
ゆくしかない

生きてゆくと
何十何百と苦しみが
おそってきます
それをのりこえてゆくのは
苦しみをつつみこむ
大きな心です
大きな人間に
なることです

どうせやるなら
明るくやることです
どうせやるなら
楽しくやることです
どうせやるなら
元気にやることです

飾ってもどうしようもありません
ありのままが
一番
らくです

さあ、また元気に
夢に挑戦です
いつの日か
みんなに会える
その日を夢みて
わたし
また一歩です

あなた
人間に
感動を
与える人に
なれ

人が喜ぶことを
やれば
いくらでも
人は集まって
きます

あなた、
挫折から
這いあがれ
強い人間に
なれ

挫折を知らずして
なんで強い人間に
なれる
人の苦しみの
わかってやれる
人間になる本

みんな
声をだせ
みんな
笑顔をだせ
みんな
やる気をだせ

そして
自分の幸せを
つかみとれ
みんな
今日一日
自分を
だしきってゆけ

なんでもやってみることです
なんでも試してみることです
なんでもかかわってみることです
なんでも動いていけば
そのうち
自分にあったことに
出逢ってゆきます
自分の好きなことが
みつかります
愛でも、仕事でも、夢でも
なんでもやってゆくことです
必ずみつかります

失敗から
人生を
学ぶことです

〝心おだやかに生きる〟
これが一番です
何があっても
腹をたてず
嫌なことにはかかわらず
明るく元気に
優しい心で
生きているのが
一番です
それが一番良い幸せが
やってきます

一期一会

〝この人しかいない〟という人が
かならず
この世にいます

みずから
たずねて
ゆくことです

そうなんですよね
生きるって
たくさんのたのしいこと
うれしいこと
素敵なことがあるんですよね
素敵なことに出逢えるんですよね
そのために苦しいことにも
寂しいことにも耐えて
そのときを
待っていればいいんですよね
花だって耐えてきれいに咲くんですよね
わたしも耐えて美しく
人生咲いてみせます

苦しみに耐えた
人間ほど
幸せに
出逢える
強くなれる
真実がかならず
つかめます

この世に生きて
どれだけ
すばらしい人に
出逢えるか
です
すごい人に
会って
力を与えて
もらえるかです

人間疲れると
なにもやれなくなります
なにもやりたくなくなります

だからゆっくり生きて
疲れをとって
また元気に明るく
優しく一生けんめい
生きることです

なにごとも
おだやかな
んじで
やりなさい

一瞬一瞬を
生きてぬいてゆくなり

我が家族を愛し
我妻を愛し
我が命を愛し

一瞬一瞬を生き抜いていゆくなり
水に糸をたれて一点を見つめるなり
我が一生水のごとし
我が人生精一杯生きる

時代は
いつも変わって
います
必ずあなたの
出番が
きます

完璧

これであなたの欲求不満は解消されます
あなた人生頑張って下さい
幸せになって下さい

北から南へ
南から北へ
人の心も涙を、
幸せを訪ねて
生涯、ただひたすら
旅をつづけます。
あなたのために……
須永博士

須永博士（すながひろし）
PLOFILE プロフィール

東京日本橋に生まれる★勤め人生活２年★セツモードセミナーに学ぶ★東京写真専門学校卒★1966年第１回小さな夢の展覧会開催★1970年日本各地にて個展★1971年より日本各地を放浪★1973年アメリカの旅★1974年ヨーロッパの旅★1975年札幌から沖縄まで日本縦断の旅と展覧会開催★1977年カナダ・メキシコ・アメリカの旅★1978年西銀座にて第200回の個展★1980年オランダよりスペインまで6カ国の旅★1993年熊本県阿蘇郡小国町一番街に『須永博士作品館』が開館★1994年『ひとりぼっちの愛の詩』第28集自費出版詩集を出す（1集〜22集までは絶版）★1995年秋、熊本県阿蘇郡小国町北里に須永博士アトリエ『人間道場　夢砦』が完成★現在も日本各地を放浪、個展と講演会を開催しながら、詩や絵、書、油絵、陶器を制作して、旅を続けている。
著書：詩画集『ひとりぼっちの愛の詩』シリーズ、『お母さんごめんなさい』、『青春まっしぐら』、『人間ってすばらしい』、『愛の告白』、『人間讃歌』、『純愛』、『ポストカードブック春・夏・秋・冬』、『風に吹かれて』、『たった一冊の詩集』、『いのち輝け青春』など多数。NTTテレホンカード11種、200万枚を突破中。

須永アートプロダクション ハート事務局：東京都荒川区南千住 6-51-11　Tel&Fax 03-3891-3730
須永博士作品館：熊本県阿蘇郡小国町宮原 1680　Tel&Fax 0967-46-5607
須永博士アトリエ『人間道場 夢砦』：熊本県阿蘇郡小国町大字北里字前 3211-1　Tel&Fax 0967-46-5888
須永博士極楽羅漢美術館：熊本県阿蘇郡小国町北里 460

装幀——三村淳

我慢にも限度がある

二〇〇〇年五月二〇日　第一刷発行

著者　須永博士
発行者　佐川泰宏
発行所　七賢出版株式会社
〒一〇七-〇〇六一
東京都港区北青山三-一〇-三
フォーレスト北青山３F
TEL　〇三-五四六七-八〇五七
FAX　〇三-五四六七-八〇六〇

印刷・製本　秀英堂紙工印刷株式会社

落丁・乱丁は送料小社負担にてお取替いたします。

ISBN4-88304-437-8　C0092
Printed in Japan

須永博士の単行本

人間教師

人間最後は気力です。それがどこまで続くかです。そして、あなたに人生を教えてくれる〝人間教師〟が必ず、この世のどこかにいます。

定価＝本体一五〇〇円（税別）

本気をだせばなんでもやれる

いじめ、失恋、借金。どんな困難も自分自身で必ず解決できます。がむしゃらに、本気をだして人生を切り開いてください。

定価＝本体一五〇〇円（税別）

青春まっしぐら

旅を求めた青春、愛を求めた青春、友情を求めた青春。すばらしき若者たちの青春像を詩と絵で綴る、人生のものがたり。

定価＝本体一五〇〇円（税別）

いのち輝け青春

一度きりの人生を夢に向かってまっすぐ生きる。迷い多き青春時代は人生の分岐点。勇気をくれる詩とエッセイを満載。

定価＝本体一四五六円（税別）

たった一冊の詩集

本気で生きている人の人生は、試練・挑戦の連続です。そんな人に贈る、人生の応援歌。実り多き日々の糧となる一冊。

定価＝本体一四五六円（税別）

風に吹かれて

追い風が吹く時も、向かい風が吹く時も、旅から旅の人生を送ってきた。生きる意欲をかきたててくれるフォト&エッセイ。

定価＝本体一七四八円（税別）

純　愛

恋愛ばかりではなく、家族愛や友情、仕事への愛着など、さなざまな愛のかたちを詩とエッセイで綴った一冊。

定価＝本体一四五六円（税別）

お母さんごめんなさい

誰の心のなかにもあるお母さんへの感謝の気持ち。なかなか口に出来ないお母さんへの想いがぎっしり詰まった一冊。

定価＝本体一五〇〇円（税別）

愛の告白

愛は、時に苦しく、せつないもの。誰もが大切にしまっておきたい「愛の告白」の数々を詩と絵で丹念に描きました。

定価＝本体一五〇〇円（税別）

人間詩集～放浪編～


失うものが何もなくなっても、また這い上がればいいじゃないか。逆境からの再起に、夢への挑戦に、きっと役立つ珠玉の詩。

定価＝本体一六〇〇円（税別）

人間讃歌

自分は何のために生きているのだろう。人生の目的を見失ったらこの本を開いてください。生きる意欲をかきたててくれます。

定価＝本体一四五六円（税別）

教　壇

死にいたる病と闘いながら教壇に立ち続けた一人の教師。壮絶な生を描いた渾身のドキュメンタリー。

定価＝本体一一六五円（税別）